D
dring

E
euh

F
flic-floc

K
klap
klap

L
la la la

M
miam

Q
qoâ
qoâ

R
rrr

S
snif

T
tic-tac

X
xuiiing

Y
youpi

Z
zzz

p. 4

p. 8

p. 11

p. 9

p. 20

p. 24

p. 30

p. 29

p. 38

O U A I Y E

p. 33

p. 34

p. 41

p. 45

p. 53

p. 50

P Z L H

T D W

p. 58

p. 55

p. 64

p. 67

BOSCHER
Maternelle

Je découvre la lecture

Barbara Arroyo
Professeure des écoles et maître-formatrice

Belin:
ÉDUCATION

Présentation

* **Je découvre la lecture** permet d'apprendre pas à pas à **entendre**, à **situer** et à **différencier les sons** de la langue orale – des compétences préalables essentielles à l'apprentissage de la lecture. Elle s'adresse à tous les enfants à partir de 4 ans.

* La capacité à repérer les sons de la langue ne peut être développée sans que les capacités de discrimination auditive n'aient été entraînées. **Je découvre la lecture** propose donc des activités variées et progressives pour :
  - **développer** ses capacités d'écoute et de discrimination sur toutes sortes de bruits
  - **entraîner** sa perception fine et sa capacité à isoler une syllabe, une rime puis un son

* Chaque séquence suit la même progression :

* À la fin de l'ouvrage, des **imagiers sonores** sont proposés. Ils permettent de travailler et d'approfondir ses capacités de discrimination auditive de manière ludique.

Conseils aux parents

- Installer votre enfant dans un endroit calme.
- Avant tout exercice, s'assurer que votre enfant nomme correctement les images.
- Faire répéter les mots inconnus en séparant les syllabes orales. Attention, à l'oral et à l'écrit, le décompte des syllabes est différent : le mot « mouche » correspond ainsi à une syllabe orale (mouche) et à deux syllabes écrites (mou/che).
- Si l'enfant a des difficultés à entendre certains sons, les étirer artificiellement à l'oral : par exemple, un chaaaaaaaat.

170 bis, boulevard du Montparnasse, 75680 Paris cedex 14
ISBN 979-10-358-1682-7

Sommaire

Scander, compter

Dans la boîte à outils

Dans la boîte à outils de papa, il y a :

- un marteau qui fait : pan, pan, pan
- un tournevis qui fait : vis, vis, vis
- une scie qui fait : sss, sss, sss
- une perceuse qui fait : bzz, bzz, bzz
- des ciseaux qui font : couic, couic, couic
- et une pince qui fait : aïe, aïe, aïe !

Flashe le code pour écouter la comptine, puis répète-la.

Colle les autocollants en face des mots correspondants.

et repérer des syllabes

Je découvre

Regarde les dessins et dis dans l'ordre le bruit que fait chaque outil, comme dans la comptine.

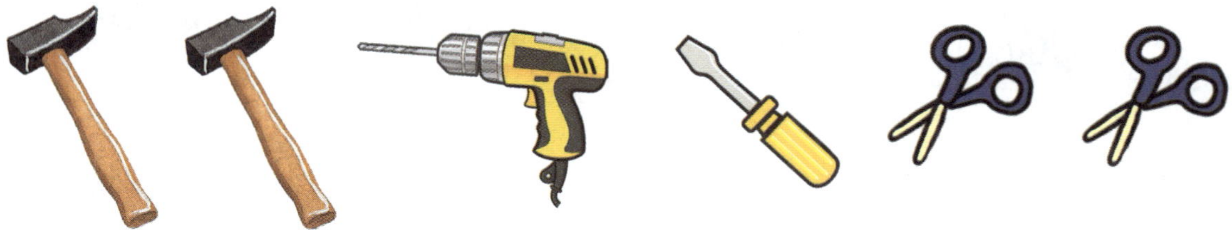

Invente un bruit pour chaque dessin.
Puis dis ces bruits le plus vite possible en suivant l'ordre des images.

Compter les syllabes d'un mot

Dis le mot à voix haute et tape dans tes mains à chaque fois que tu prononces une syllabe.

Colorie autant de cases qu'il y a de syllabes dans chaque mot.

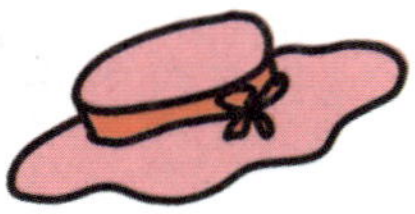

Comparer le nombre de syllabes de deux mots

Colorie autant de cases qu'il y a de syllabes dans chaque mot, puis entoure le mot qui a le moins de syllabes.

Dans chaque série, coche le mot qui a le plus de syllabes.

Trier des mots en fonction du nombre de syllabes

Entoure les mots de deux syllabes.

Compte le nombre de syllabes qu'il y a dans chaque mot, puis colle l'autocollant dans la bonne case.

1 syllabe

2 syllabes

3 syllabes

4 syllabes

Comparer le nombre de syllabes de plusieurs mots

Barre le mot qui n'a pas le même nombre de syllabes que les autres.

Dans chaque série, colle l'autocollant du mot qui a le même nombre de syllabes que les autres mots de la case.

Repérer une syllabe au début d'un mot

Dans chaque série, entoure les mots qui commencent par la même syllabe que le modèle.

Relie les mots qui commencent par la même syllabe.

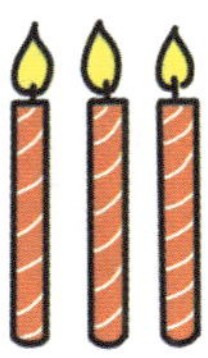

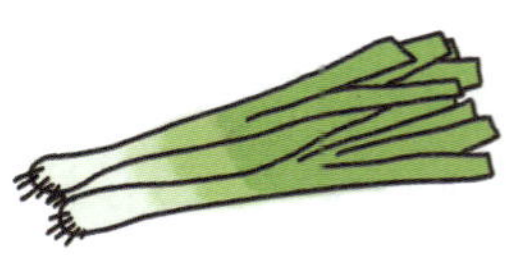

Repérer une syllabe à la fin d'un mot

Entoure les mots qui se terminent par la même syllabe que  .

Colle chaque autocollant à côté du mot qui se termine par la même syllabe.

Repérer une syllabe à l'intérieur d'un mot

Entoure les mots qui contiennent la syllabe PI comme dans .

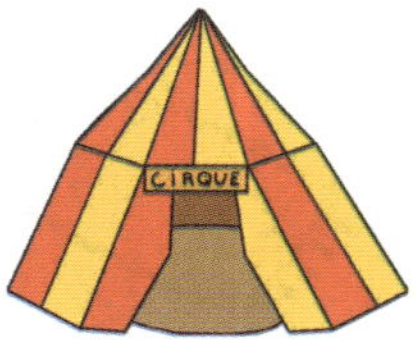

Dans chaque série, barre le mot qui ne contient pas la syllabe encadrée.

PO

VO

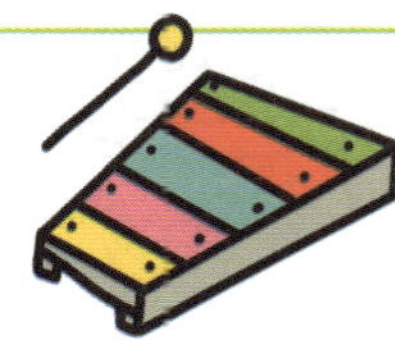

CO

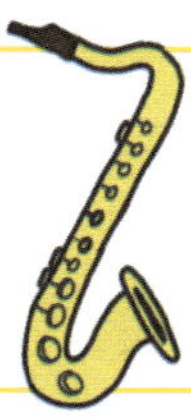

LAN

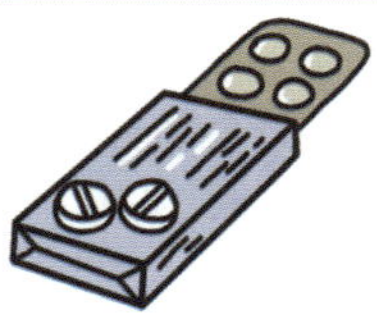

Situer une syllabe dans un mot

Coche la case qui correspond à la place de la syllabe CA dans le mot.

Dans chaque série, colorie la case correspondant à la place de la syllabe encadrée dans le mot.

BO

MA

PI

Avec cet atelier, votre enfant...
- affine son écoute et sa concentration
- apprend à comparer des sons

Fabriquer un mémory sonore

Étape 1

Remplis deux pots de yaourt avec des lentilles, deux autres avec de la farine, deux autres avec du sel et ainsi de suite.

Étape 2

Découpe des carrés de papier de 10 cm de côté. Pose un carré de papier sur chaque pot et fixe-le avec un élastique. Tous les pots doivent être fermés et se ressembler.

Étape 3

Secoue ensuite tous les pots. Groupe par deux les pots qui font le même bruit.

Étape 4

Lorsque toutes les paires sont formées, vérifie que tu ne t'es pas trompé(e) en enlevant les couvercles en papier.

Avec cet atelier, votre enfant...
- entraîne sa mémoire
- apprend à reproduire une suite sonore

Matériel

2 ou +

téléphone portable

Jouer au jeu du perroquet

Étape 1

Un joueur est désigné meneur de jeu.
Il s'éloigne des autres joueurs et flashe le code pour écouter les sons enregistrés.

Étape 2

Il rejoint les autres joueurs et se place devant eux. Il répète dans l'ordre les sons qu'il a entendus.

Étape 3

À leur tour, les autres joueurs doivent répéter dans l'ordre les sons prononcés par le meneur de jeu. Ils vérifient ensuite qu'ils ne se sont pas trompés en flashant de nouveau le code.

Pour aller plus loin

Le meneur de jeu peut inventer des suites de sons, ou même de mots, que les joueurs doivent répéter dans l'ordre.

Comparer et

La samaritaine

La samaritaine, taine, taine
va-t-à la fontaine, taine, taine
pour chercher de l'eau, l'eau, l'eau
dans son petit seau, seau, seau.
Son pied a buté, té, té,
le seau est tombé, bé, bé,
l'eau s'est renversée !

- **Flashe le code et écoute la comptine. Répète-la en tapant dans tes mains quand tu prononces les trois dernières syllabes de chaque vers.**
- **Colorie l'eau en bleu.**

manipuler des syllabes

Je découvre

Dis ce que représente chaque dessin. Répète le mot en doublant la syllabe finale, comme dans la comptine.

Invente une comptine qui raconte ce que tu fais à l'école. Pour chaque vers, répète la syllabe finale.

La comptine de l'école

À l'école, cole, cole,
on chante une chanson, son, son,

Repérer les mots comportant une syllabe donnée

Coche les mots qui contiennent la syllabe PO comme dans .

Entoure les mots qui commencent par la syllabe PA comme .

Trouver le mot qui n'a pas de syllabe commune avec les autres

Barre le mot qui ne contient pas la syllabe PIN comme dans **.**

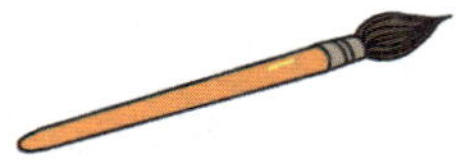

Dans chaque série, entoure le mot qui ne contient pas de syllabe commune avec les deux autres.

Enlever une syllabe au début d'un mot

Dis ce que représente le premier dessin en supprimant la première syllabe. Entoure le nouveau mot que tu as trouvé.

Dans chaque série, dis ce que représente le premier dessin en supprimant la première syllabe. Colle l'autocollant du nouveau mot que tu as trouvé.

Enlever une syllabe à la fin d'un mot

Dis ce que représente le premier dessin puis supprime la dernière syllabe. Entoure le nouveau mot que tu as trouvé.

Dans chaque série, dis ce que représente le premier dessin puis supprime la dernière syllabe. Coche le nouveau mot que tu as trouvé.

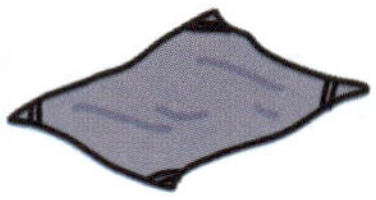

Ajouter une syllabe au début d'un mot

Dis ce que représente le premier dessin puis ajoute au début du mot la syllabe indiquée dans l'étiquette. Entoure le nouveau mot que tu as trouvé.

Dis ce que représente chaque dessin de gauche en ajoutant au début la syllabe indiquée dans l'étiquette. Relie l'étiquette au nouveau mot que tu as trouvé.

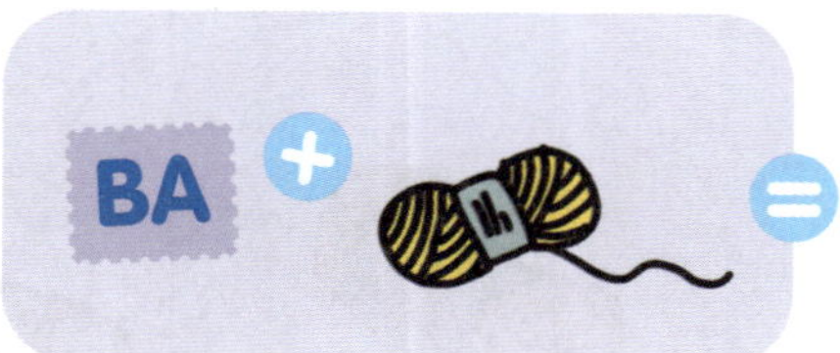

Ajouter une syllabe à la fin d'un mot

Dis ce que représente le premier dessin puis ajoute à la fin la syllabe indiquée dans l'étiquette. Barre le mot que tu n'as pas trouvé.

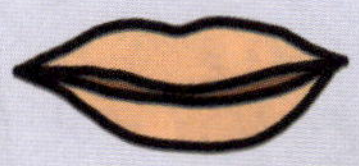 + RI =  

Dans chaque série, entoure le dessin qui permet de former le dernier mot encadré lorsque tu ajoutes à la fin la syllabe indiquée dans l'étiquette.

  + TO = 

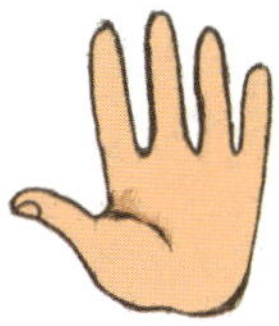  + TUR = 

  + LEIL = 

Fusionner deux syllabes pour former un nouveau mot

Dis ce que représentent les deux premiers dessins l'un après l'autre et entoure le nouveau mot que tu as trouvé.

Dans chaque série, dis ce que représentent les dessins les uns après les autres. Puis colle l'autocollant du nouveau mot que tu as trouvé.

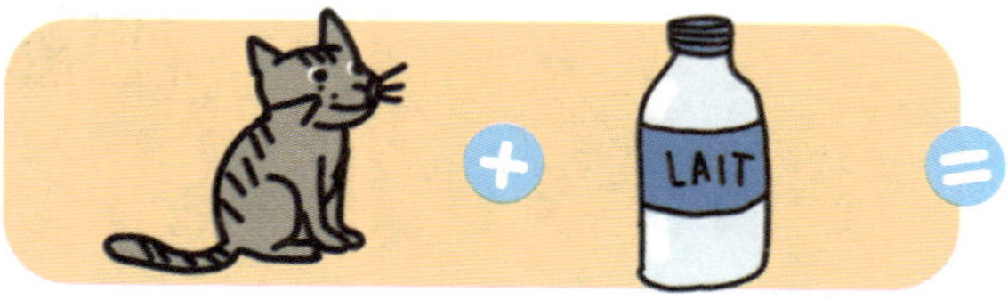

Repérer la syllabe qui varie entre deux mots

Colorie la case de la syllabe qui reste la même entre ces trois mots.

Dans chaque série, dis ce que représentent les dessins les uns après les autres. Coche la case de la syllabe qui change.

Avec cet atelier, votre enfant...
- apprend à écouter attentivement
- repère l'origine d'un bruit

2 ou +

Matériel

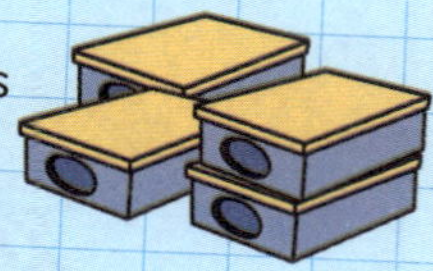

plusieurs boîtes en carton

chronomètre ou réveil qui fait tic-tac

Jouer au jeu du réveil caché

Étape 1

Le premier joueur sort de la pièce. Pendant ce temps, le second joueur cache le réveil dans l'une des boîtes.

Étape 2

Le premier joueur revient dans la pièce. Il s'approche des boîtes sans les toucher et écoute attentivement.

Étape 3

À l'oreille, il doit trouver dans quelle boîte est caché le réveil.

Avec cet atelier, votre enfant...
- manipule les sons
- décompose des mots en syllabes

1 ou +

Inventer des charades

Étape 1

Demande à un adulte de te lire la charade suivante et devine de quoi il s'agit.

Mon premier porte les voiles des bateaux.
Mon deuxième est un nombre compris entre 1 et 3.
Mon troisième forme les pelotes utilisées pour tricoter.
Mon tout est un petit gâteau moelleux.

Étape 2

À ton tour, amuse-toi à créer une charade. Choisis un mot de deux syllabes ou plus, et décompose-le en plusieurs petits mots. Pour t'aider, tu peux prendre un des mots suivants.

Étape 3

Invente une définition pour chaque petit mot que tu as trouvé. Présente ensuite tes définitions sous la forme de la charade de l'étape 1.

Repérer et classer

La poule dans la remise

Il était une poule grise
qui allait pondre dans la remise.

Il était une poule blanche
qui allait pondre dans la grange.

Il était une poule noire
qui allait pondre dans l'armoire.

Il était une poule rousse
qui allait pondre dans la mousse.

Mais la fermière trouva les œufs
et fit une omelette pour deux !

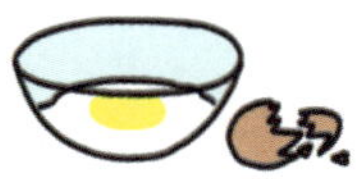

Flashe le code et écoute la comptine.

Colorie les poules selon la couleur indiquée dans la comptine.

des mots qui riment

Je découvre

Demande à un adulte de te lire la suite de la comptine. Colle les autocollants des poules pour que les vers riment entre eux.

Il était une
qui allait pondre dans les cieux.

Il était une
qui allait pondre sur un trône.

Il était une
qui allait pondre sur une île déserte.

Il était une
qui allait pondre à Montrouge.

Coche les lieux où naissent des poussins verts, selon la logique de la comptine.

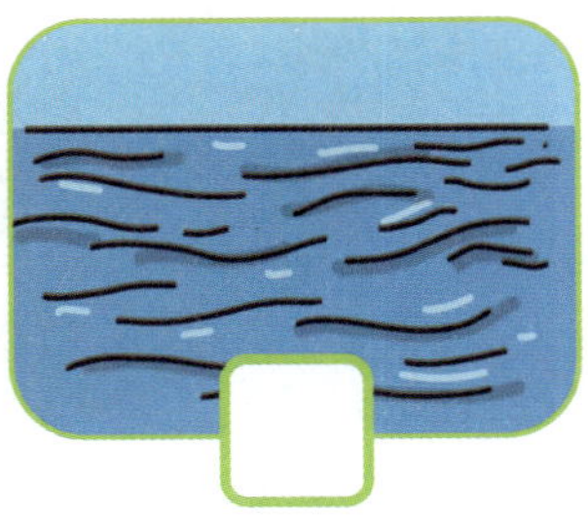

Repérer des mots qui riment avec un modèle (1)

Entoure les mots qui riment avec .

Colle les autocollants des mots qui riment avec .

Repérer des mots qui riment avec un modèle (2)

Coche les mots qui riment avec .

Barre les mots qui ne riment pas avec .

Associer deux mots qui riment (1)

Colorie de la même couleur les pastilles des mots qui riment ensemble.

Relie deux à deux les mots qui riment ensemble.

Associer deux mots qui riment (2)

Dans chaque série, entoure le mot qui rime avec le modèle.

Colle chaque autocollant d'aliment à côté du nom d'animal avec lequel il rime.

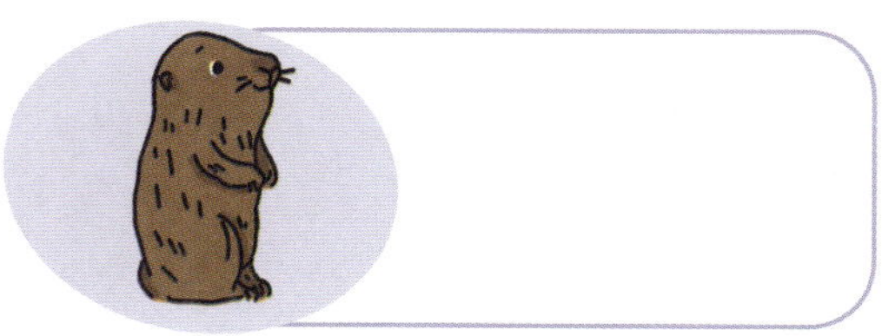

Classer des mots selon leur rime

Entoure de la même couleur les mots qui riment ensemble.

Colle chaque autocollant dans la colonne du mot avec lequel il rime.

		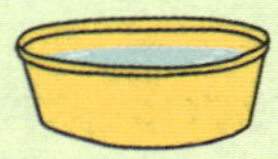	

Trouver l'intrus dans un groupe de mots qui riment

Dans chaque série, coche le mot qui ne rime pas avec les autres.

Dans chaque série, barre le mot qui ne rime pas avec les autres.

Avec cet atelier, votre enfant…

- affine son écoute
- apprend à reconnaître la hauteur d'un son
- mémorise un rythme

Matériel

6 verres

de l'eau

2 petites cuillères en métal

Reconnaitre un écho sonore

Étape 1

Verse de l'eau dans les verres : beaucoup dans les deux premiers, la moitié dans deux autres et juste un fond dans les deux derniers.

Étape 2

Sépare les verres en deux groupes comme sur le dessin et place-les à deux extrémités d'une pièce. Avec une cuillère, tape doucement sur les verres pour identifier le bruit que fait chacun d'eux.

Étape 3

Le premier joueur tape sur un verre. Le second joueur, placé à l'autre bout de la pièce, doit produire le même son en écho.

Pour aller plus loin

Les joueurs tapent plusieurs fois sur le même verre, puis sur trois verres différents.

Avec cet atelier, votre enfant…

- apprend à réagir à un signal sonore
- différencie des instruments de musique à l'oreille

1 ou +

Matériel

téléphone portable

Danser une danse codée

Étape 1

Flashe le code pour entendre une série de trois instruments de musique différents.

Étape 2

À chacun de ces instruments correspond un geste :

Étape 3

Flashe le code et effectue les gestes au fur et à mesure que tu entends chaque instrument de musique.

Repérer et situer

Les voyelles

A, A, A, madame A dit « abracadabra ! ».
E, E, E, monsieur E est tout heureux.
I, I, I, monsieur I invite ses amis.
O, O, O, monsieur O fait du vélo.
U, U, U, madame U a une tortue.
A, E, I, O, U, les voyelles font la fête,
elles invitent monsieur Y !

Flashe le code et écoute la comptine des voyelles.

Colle les autocollants des voyelles dans l'ordre où elles apparaissent dans la comptine.

O U A I Y E

des voyelles dans des mots

Je découvre

Demande à un adulte de te lire l'histoire du Grand Mamamouchi et de sa fille.

Pour le mariage de sa fille Aminata, le Grand Mamamouchi invite tous les habitants du royaume.

Il leur demande d'offrir à la princesse un cadeau qui commence par le son A, comme son prénom.

Barre le cadeau qui ne correspond pas à la demande du Grand Mamamouchi.

À ton tour, dessine un cadeau pour Aminata en respectant la volonté du Grand Mamamouchi.

Repérer des mots contenant le son a

Entoure les mots qui contiennent le son a comme 🐱.

Pour chaque dessin, coche la case de la syllabe qui contient le son a comme 🐱.

Je m'entraîne

Repérer des mots contenant le son e

Colle chaque autocollant dans la case qui convient.

J'entends e	Je n'entends pas e

Colorie la pastille des mots qui contiennent le son e à la place indiquée dans l'exemple.

X	

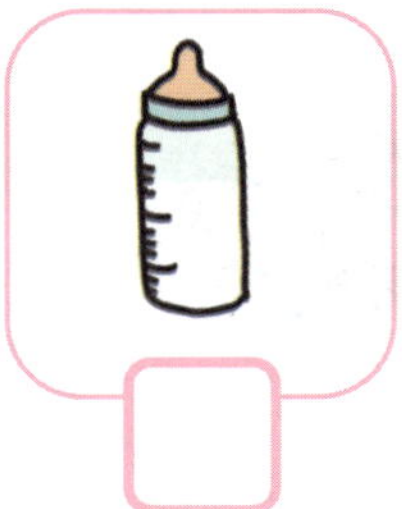

Repérer des mots contenant le son i

Entoure les mots qui commencent par le son i comme .

Pour chaque dessin, colorie la case de la syllabe qui contient le son i comme .

Repérer des mots contenant le son o

Barre les mots qui ne contiennent pas le son o.

Pour chaque dessin, coche la ou les case(s) des syllabes qui contiennent le son o comme .

Repérer des mots contenant le son u

Entoure les mots qui contiennent le son u comme .

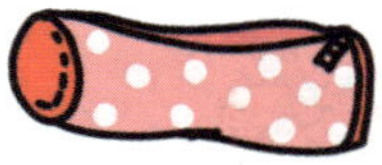

Coche les mots qui contiennent le son u à la place indiquée dans l'exemple.

	X

Repérer des mots contenant le son é

Colle chaque autocollant dans la case qui convient.

J'entends é	Je n'entends pas é

Pour chaque dessin, colorie la ou les case(s) des syllabes qui contiennent le son é comme .

Repérer des mots contenant le son ou

Barre les mots qui ne contiennent pas le son ou.

Coche les mots qui contiennent le son ou à la place indiquée dans l'exemple.

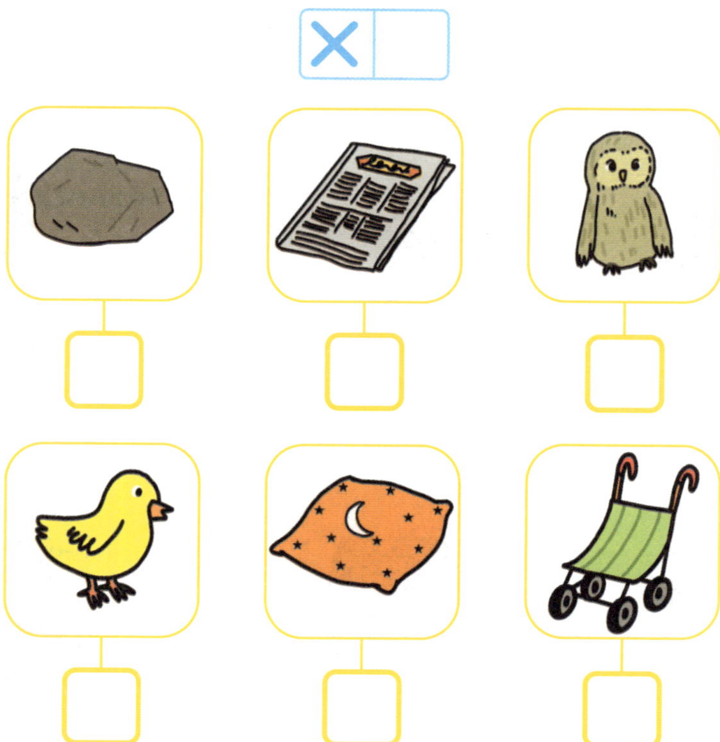

Repérer des mots contenant le son oi

Entoure les mots qui contiennent le son oi comme .

Pour chaque dessin, coche la case de la syllabe qui contient le son oi comme .

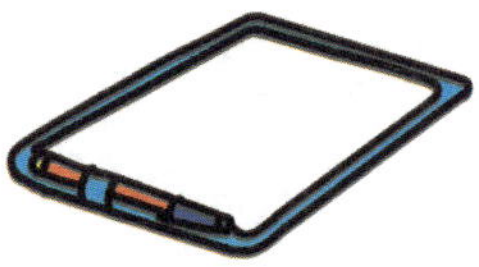

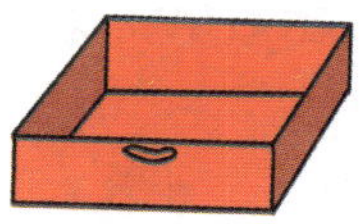

Repérer et situer des voyelles dans des mots

Avec cet atelier, votre enfant…
- joue avec les mots
- découvre intuitivement les sons voyelles a, e, i, o, u

Matériel

téléphone portable

Chanter la chanson des voyelles

Un éléphant
qui se baladait
tout doucement
dans la forêt.
Il avait sur le dos
un petit perroquet
qui s'appelait Jacquot
et qui buvait du lait.

Étape 1

Flashe le code pour écouter la chanson. Essaie de l'apprendre par cœur.

Étape 2

Chante-la une fois normalement, puis répète-la en ne disant que des sons **a** : « Analapha qua sa balada ta daçama da la fara… »

Étape 3

Amuse-toi à la chanter uniquement avec des sons **e**, **i**, **o** ou **u**.

Avec cet atelier, votre enfant…
- développe sa discrimination auditive
- trouve des mots avec un son donné

2 ou +

Matériel

ciseaux, feuilles de papier, feutres de couleur, dé, scotch, jetons

Jouer à la chenille des voyelles

Étape 1

Découpe six carrés de papier de la taille des faces du dé. Écris (A) sur deux d'entre eux, (I) sur deux autres et (O) sur les deux derniers. Avec du scotch, fixe chaque carré de papier sur une face du dé.

Étape 2

Sur une feuille de papier, chaque joueur dessine une chenille comme sur le modèle.

Étape 3

Le premier joueur lance le dé et doit trouver un mot contenant le son indiqué sur le dé. S'il réussit, il pose un jeton sur le premier rond de sa chenille.

Étape 4

Chaque joueur joue chacun son tour. Le gagnant est celui qui a complété sa chenille en premier.

Repérer et situer des

À l'école de la forêt, on récite l'alphabet

La souris lance les dés A B C ▢

Le chat frise ses moustaches E F G ▢

La grenouille grimpe à l'échelle I J K ▢

Le pivert commence à taper M N O ▢

La cigale préfère chanter Q R S ▢

Le perroquet vient d'arriver U V ▢

Tous répètent sans qu'on les aide X Y ▢

- **Flashe le code et écoute la comptine.**
- **Colle les autocollants des lettres qui manquent sur le texte de la comptine.**

P Z L H T D W

consonnes dans des mots

Je découvre

Dis les lettres de l'alphabet dans l'ordre, puis colorie les étiquettes des voyelles en rouge et celles des consonnes en bleu.

A B C D E F G

H I J K L M N

O P Q R S T U

V W X Y Z

Entoure les lettres de ton prénom et écris-le dans le cadre.

Repérer des mots contenant le son f

Entoure les mots qui commencent par le son **f** comme .

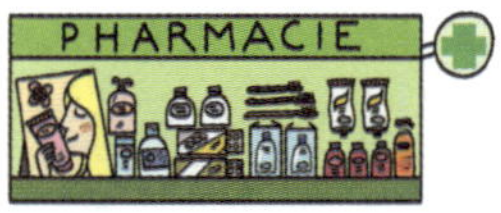

Pour chaque dessin, coche la case de la syllabe qui contient le son **f** comme .

Repérer des mots contenant le son r

Colle chaque autocollant dans la case qui convient.

J'entends r	Je n'entends pas r

Coche les mots qui contiennent le son r à la place indiquée dans l'exemple.

Repérer des mots contenant le son ch

Barre les mots qui ne contiennent pas le son ch comme **.**

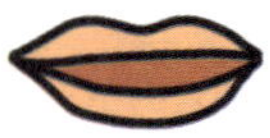

Pour chaque dessin, colorie la case de la syllabe qui contient le son ch comme **.**

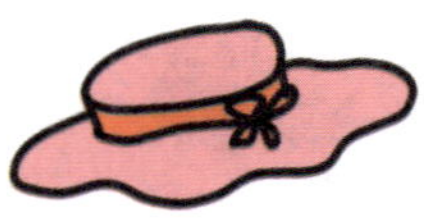

Repérer des mots contenant le son v

Entoure les mots qui contiennent le son v comme .

Colle chaque autocollant dans la case correspondant à la place de la syllabe du son v dans le mot.

X ☐	☐ X	☐ X ☐

Repérer des mots contenant le son j

Colorie la pastille des mots qui contiennent le son j comme **.**

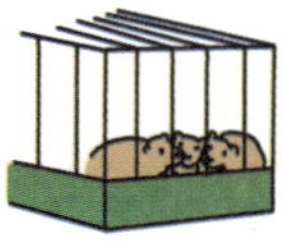

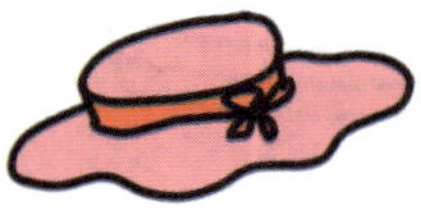

Pour chaque dessin, coche la case de la syllabe qui contient le son j comme **.**

Repérer des mots contenant le son s

Barre les mots qui ne contiennent pas le son s.

Coche les mots qui contiennent le son s à la place indiquée dans l'exemple.

Repérer des mots contenant le son l

Entoure les mots qui contiennent le son l comme .

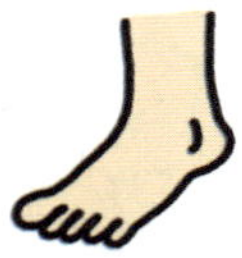

Colle chaque autocollant dans la case correspondant à la place de la syllabe du son l dans le mot.

☐ ☒ ☐	☐ ☐ ☒	☐ ☒ ☐ ☐

Repérer des mots contenant le son z

Barre les mots qui ne contiennent pas le son z.

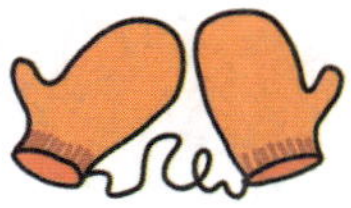

Pour chaque dessin, coche la case de la syllabe qui contient le son z comme .

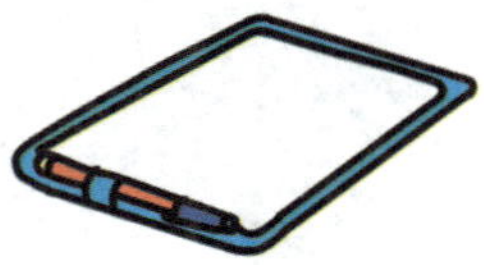

Avec cet atelier, votre enfant...
- affine son écoute
- associe un environnement sonore à un lieu

Matériel

téléphone portable

Identifier des paysages sonores

Étape 1

Flashe les codes pour écouter des paysages sonores.

1 2 3

Étape 2

Associe chaque paysage sonore que tu entends à une des images ci-dessous. Écris son numéro dans la case correspondante.

Étape 3

Amuse-toi à enregistrer des paysages sonores de ton environnement avec un smartphone et à les faire reconnaître à tes proches.

Avec cet atelier, votre enfant...

- apprend à reconnaître les lettres en majuscules bâton
- respecte une règle du jeu

2 ou +

Matériel

grande feuille blanche

dé

feutre noir

jetons

Jouer au jeu de l'alphabet

Étape 1

Avec l'aide d'un adulte, dessine le plateau de jeu sur la feuille de papier en suivant le modèle.

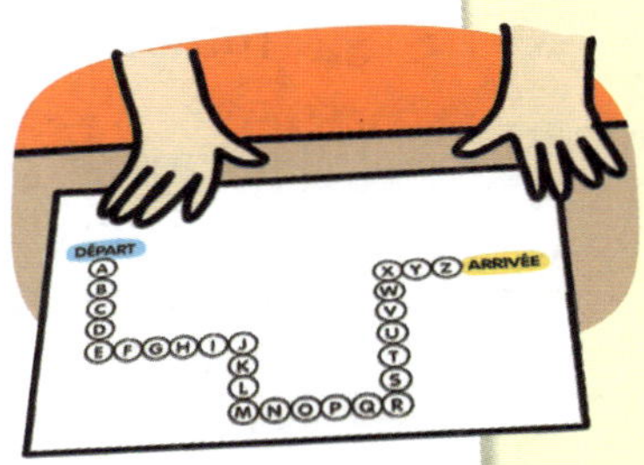

Étape 2

Le premier joueur lance le dé et se déplace du nombre de cases indiqué par le dé. Il doit dire le nom de la lettre qui figure sur la case où il s'est arrêté. S'il réussit, il relance le dé. Sinon, il recule d'une case et c'est au joueur suivant de lancer le dé.

Étape 3

Le premier qui arrive à la fin de l'alphabet a gagné.

Pour aller plus loin

Les lettres de l'alphabet peuvent être écrites dans le désordre.

Différencier

L'éléphant se douche

L'éléphant se douche, douche, douche
Sa trompe est un arrosoir
L'éléphant se mouche, mouche, mouche
Il lui faut un grand mouchoir
L'éléphant dans sa bouche, bouche, bouche
A deux défenses en ivoire
L'éléphant se couche, couche, couche
À huit heures tous les soirs.

Flashe le code et écoute la comptine.

Associe chaque dessin à un vers de la comptine et barre l'intrus.

des sons proches

Je découvre

Demande à un adulte de te lire les phrases suivantes.
Répète-les plusieurs fois et le plus vite possible.

Fruits frais, fruits cuits.

Seize jacinthes sèchent dans seize sachets secs.

Tortue tordue, dors-tu, tortue tordue ?

Trois petites truites cuites, trois petites truites crues.

Il fait chaud chez ce cher Serge !

Un chasseur sachant chasser doit savoir chasser sans son chien.

Gros rat blanc, rat blanc gras, gros rat blanc gras.

À l'heure où le loup lut au lit, le hibou hulula à la nuit.

À ton tour, invente une phrase avec des sons proches.
Tu peux utiliser les mots suivants pour t'aider.

16

13

Différencier les sons an et on

Demande à un adulte de te lire le mot dans l'étiquette et entoure le dessin correspondant.

Colle chaque autocollant dans la case qui convient.

J'entends an comme dans 	J'entends on comme dans 

Différencier les sons in et ien

Coche les mots qui contiennent le son in comme .

Relie au les mots qui contiennent le son ien.

Différencier les sons k et g

Demande à un adulte de te lire le mot dans l'étiquette et barre le dessin qui ne correspond pas.

car

glace

Entoure en bleu les mots qui contiennent le son k comme ♥. Entoure en rouge ceux qui contiennent le son g comme gant.

Différencier les sons p et b

Colorie la pastille des mots qui contiennent le son p comme 🍏.

Colle dans le panier les autocollants des mots qui contiennent le son p comme 🍏. Colle dans le bol ceux des mots qui contiennent le son b comme ⛵.

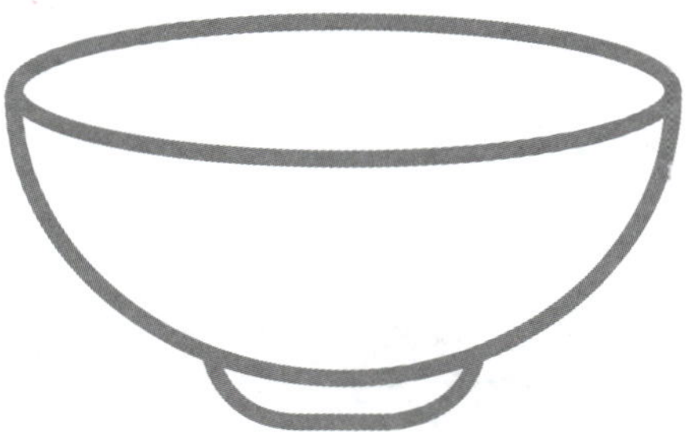

Différencier les sons m et n

Demande à un adulte de te lire les mots dans les étiquettes et entoure celui qui correspond au dessin.

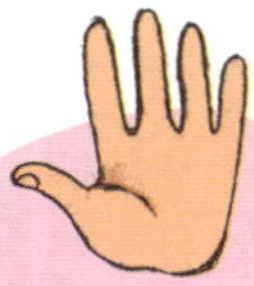

main | nain

mie | nid

miche | niche

Colorie en bleu la pastille des mots qui contiennent le son m comme **. Colorie en rouge ceux qui contiennent le son n comme** **.**

Différencier les sons t et d

Demande à un adulte de te lire les mots dans les étiquettes et relie chacun d'eux au dessin correspondant.

toit

doigt

doudou

toutou

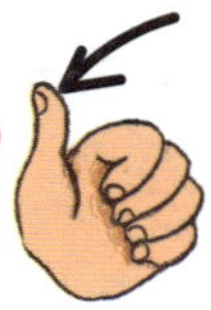

Dans chaque colonne, barre l'intrus.

J'entends t comme dans	J'entends d comme dans	J'entends t et d comme dans
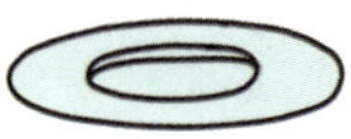   	  	  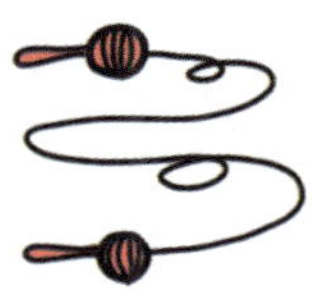

Différencier les sons ch et j

Coche les mots qui se terminent par le son j comme .

 ☐

 ☐

 ☐

 ☐

 ☐

Dans chaque série, barre l'intrus.

Différencier les sons s et z

Demande à un adulte de te lire les mots dans les étiquettes et entoure celui qui correspond au dessin.

dessert désert

poisson poison

Entoure en rouge les mots qui contiennent le son s comme  et en bleu ceux qui contiennent le son z comme .

Avec cet atelier, votre enfant…

- découvre le principe de propagation du son

Matériel

2

- 2 pots de yaourt vides et propres
- 3 à 5 mètres de ficelle
- ciseaux
- grosse épingle

Fabriquer un yaourtophone

Étape 1

Demande à un adulte de percer un trou avec une épingle au fond de chaque pot de yaourt.

Étape 2

Passe un bout de ficelle dans le trou d'un pot et fais un nœud. Procède de la même façon avec l'autre extrémité de la ficelle et le second pot de yaourt.

Étape 3

Avec un ami, prenez chacun un pot et éloignez-vous le plus possible l'un de l'autre. Attention, la ficelle ne doit pas être en contact avec un mur ou un meuble et doit être bien tendue.

Étape 4

Parle dans ton pot de yaourt pendant que ton ami colle son oreille au sien. Le son de ta voix passe d'un pot à l'autre à travers la ficelle.

Avec cet atelier, votre enfant...
- apprend à reconnaître les lettres de l'alphabet
- découvre une nouvelle technique plastique

1 ou +

Matériel
- 26 feuilles de papier
- crayon à papier
- colorant alimentaire
- sel
- colle liquide

Créer un abécédaire tactile

Étape 1

Trace une lettre de l'alphabet sur chacune des feuilles de papier. Repasse délicatement sur le tracé de la lettre avec de la colle.

Étape 2

Verse du sel sur la colle. Lorsque celle-ci est entièrement recouverte, secoue doucement la feuille pour faire tomber le sel en trop.

Étape 3

Dépose des gouttes de colorant sur le sel jusqu'à ce qu'il soit tout coloré.

Étape 4

Une fois que les lettres sont sèches, essaie de les reconnaître au toucher, en fermant les yeux !

Petit bilan

Entoure le mot qui contient le plus de syllabes.

Colorie la case correspondant à la place de la syllabe TA dans le mot.

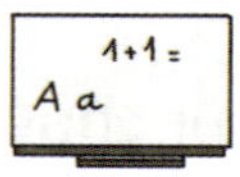

Coche le mot qui n'a pas de syllabes communes avec les autres.

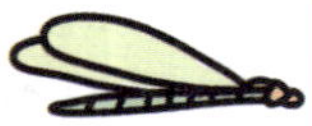

Dis ce que représente le premier dessin en supprimant la dernière syllabe. Colorie la pastille du nouveau mot que tu as trouvé.

=

pour terminer

Je révise

Entoure le nouveau mot produit en associant les deux premiers mots.

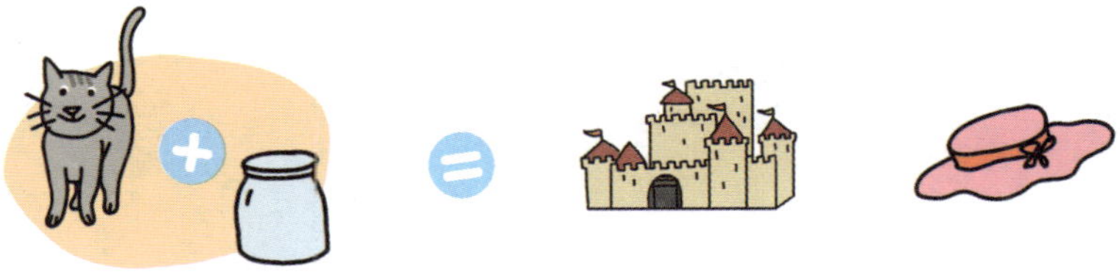

Barre le mot qui ne rime pas avec les autres.

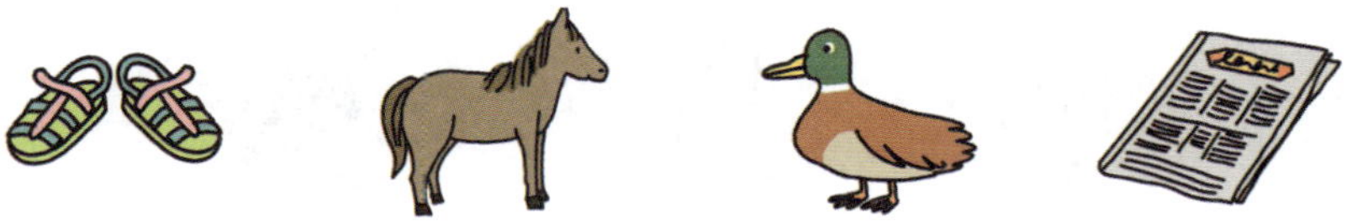

Colorie la pastille du mot qui rime avec **.**

Relie deux à deux les mots qui riment ensemble.

Petit bilan pour terminer

Entoure en rouge les mots qui contiennent le son **e** comme  et en bleu ceux qui contiennent le son **é** comme .

Coche la ou les case(s) des syllabes qui contiennent le son **ou** comme .

Entoure les mots qui contiennent le son **f** comme .

Barre les mots qui ne commencent pas par le son **r**.

Coche la case de la syllabe qui contient le son g comme .

Entoure en bleu les mots qui contiennent le son on comme ,
et en rouge ceux qui contiennent le son an comme .

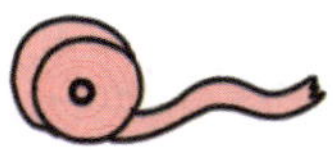

Demande à un adulte de te lire les mots dans les étiquettes
et entoure le dessin correspondant.

Demande à un adulte de te lire les mots dans les étiquettes
et barre celui qui ne correspond pas au dessin.

Mon petit

Les animaux

Flashe les codes et écoute les cris des animaux.

Flashe le nouveau code ci-dessous et repère le cri de l'animal que tu entends mais qui n'est pas représenté dans l'imagier.

Les instruments de musique

- Flashe les codes et écoute le son des instruments de musique.
- Flashe le nouveau code ci-dessous et désigne les instruments de musique dans l'ordre dans lequel tu les entends.

Les bruits de la maison

Flashe les codes et écoute les bruits de la maison.

Flashe le nouveau code ci-dessous et trouve le bruit que tu entends mais qui n'est pas représenté dans l'imagier.

Illustrations : Séverine Cordier.
Pince et tournevis p. 5 : iStockphoto.com/Yana_Viniukova ; perceuse p. 5 : iStockphoto.com/sundatoon ;
fontaine p. 16 : iStockphoto.com/ksenya-savva ; traces de pas p. 18 : iStockphoto.com/larryrains ; réveil p. 26 : iStockphoto.com/IconicBestiary ;
île p. 42 : Béatrice Rodriguez.
Police d'écriture cursive : Police SG Cursive Regular © QUATRE HEURES 16 octobre 2012.

La pâte à papier utilisée pour la fabrication du papier de cet ouvrage
provient de forêts certifiées et gérées durablement.

Imprimé en Espagne par Macrolibros (Valladolid)
Dépôt légal : janvier 2021
N° d'édition : 03581682-03/octobre 2022

A
areuh
B
bzz
C
clic clac
G
glou-glou
H
hue
I
ihihih
J
ijjjui
N
nananère
O
ouaf
P
pin-pon
U
urf
V
vroum
W
waouh